APRENDIZ DE CABALLERO

Vivian French David Melling

¡AL RESCATE!

EDELVIVES

Traducido por Alejandro Tobar
Título original: *Knight in training. To the rescue!*

Publicado por primera vez en el Reino Unido
por Hodder Children's Books en 2017

© Hodder Children's Books, 2017
© De esta edición: Grupo Editorial Luis Vives, 2017

Edelvives Talleres Gráficos. Certificado ISO 9001
Impreso en Zaragoza, España

ISBN: 978-84-140-0655-9
Depósito legal: Z 496-2017

Para los maravillosos niños y niñas de las escuelas
Auchinleck, St Patrick's y Ochiltree,
con cariño
V. F.

Para Bosiljka
D. M.

Sam J. Butterbiggins
y Dandy, el pájaro garabato

Prunella

Snapper
y Gibble

Bob y Geoff

Weebles

Dora

ÍNDICE

EL BOSQUE TENEBROSO

Querido diario:

¡Ufff! Estoy tan nervioso que ni siquiera consigo escribir bien. Dandy se burla sacándome la lengua por estar tan atacado, pero no puedo evitarlo: hoy es el día más importante de mi vida. Hoy sabré cuál es mi sexta misión, y si tengo éxito... ¡¡¡TACHÁN!!!

¡Me convertiré en un noble caballero!

«¡PUM!».

La puerta del dormitorio se abrió de golpe y Prune entró de sopetón.

—¡Sam! ¿Qué HACES?

Sam dejó su pluma.

—Estaba escribiendo en mi diario…

—¿En tu DIARIO? —se extrañó Prune, y su expresión dejó ver que ella no disponía de tiempo para esas cosas—. ¡Déjalo! Lo que tenemos que hacer es averiguar cuál es nuestra siguiente misión. Ya tienes tu caballo, tu espada y tu escudo, has aprendido a actuar como un caballero, y… —se envalentonó— cuentas con la mejor fiel compañera a la que un aprendiz de caballero puede aspirar. Hemos realizado

con éxito cinco misiones.
¡Solo nos falta una!
Así que, ¡al lío!

Dicho esto, agarró a Sam
del brazo y comenzó a tirar de
él hacia la puerta. El chico silbó
para avisar al pájaro garabato,
y los tres juntos bajaron a la
carrera las sinuosas escaleras
de la torre.

—Mamá y papá han salido —comentó Prune, animada—. Han ido a casa de la señora Hacker a devolver el hipogrifo. El bicho llegó ayer mismo, pero se pasó toda la noche pegando unos alaridos que ni te cuento. Mamá dice que difícilmente podrá argumentar que ofrece un Alojamiento Vacacional de Lujo para Dragones, Grifos y otras Criaturas Regias si los pobres animales ni siquiera logran conciliar el sueño. Va a devolverle a la señora H el dinero y, por si se agarra un berrinche, ha obligado a papá a acompañarla.

Sam pareció sorprendido.

—Algo oí anoche..., aunque creí que se trataba de los lobos del bosque. Últimamente no paran de aullar. ¿No te has dado cuenta?

Prune negó con la cabeza.

—No. Quizá sea por la luna. ¿No dicen que los lobos aúllan las noches de luna llena?

—Puede ser —admitió Sam, justo al final de la escalera. El joven saltó los tres últimos peldaños—. La tía Egg asegura que no hay ningún lobo, pero yo estoy convencido de que los he visto.

Prune resopló.

—Mamá no QUIERE que los haya. ¿Quién iba a dejar sus mascotas en el Castillo Mothscale si creyera que hay horribles lobos de grandes colmillos al acecho? Finge que no existen y así no hay de qué preocuparse.

—¡CROO! —El pájaro garabato batió las alas y Sam se echó a reír.

—¡Dandy dice que la mayor parte del tiempo la tía también finge que él no está aquí!

—Y probablemente preferiría que nosotros tampoco estuviéramos. —Prune meneó la cabeza en un gesto de desaprobación—. Le gustan las criaturas regias mucho más que yo.

—Es que ellas no le llevan la contraria —señaló Sam—. Tú sí, todo el tiempo.

Su prima dejó escapar una risa nerviosa.

—Pues no te digo que no… ¡Venga, vayamos a por el pergamino y veamos qué nos toca hoy! —Atajó y cruzó el pasillo dando saltos hasta abrir la puerta que comunicaba con el establo.

Sam la seguía de cerca. Su corazón latía a toda velocidad. ¿En qué consistiría su última misión? ¿Sería capaz de cumplir su cometido? ¿Y si fracasaba?

El pergamino mágico estaba escondido en el pesebre del poni de Prune, bajo el heno.

—Querido Weebles —lo saludó Prune con cariño mientras separaba la paja—. Con un poco de suerte, hoy saldremos. —Encontró por fin el viejo pergamino y se lo pasó a Sam—. Aquí tiene usted, señor aprendiz de caballero. ¿Qué dice?

Sam lo desenrolló con cuidado. Al principio, no mostraba nada, pero poco a poco fue entrando en calor y, una tras otra, se fueron formando las letras doradas.

Saludos a todo aquel que desee convertirse en un auténtico noble caballero.

Para la sexta y última misión, deberéis indagar entre gigantes que jamás se mueven hasta descubrir la torre que nunca se construyó, deberéis derrotar a enemigos que no son enemigos y liberar al cautivo. Si lográis cumplir todo esto en la presente jornada, por fin os convertiréis en un auténtico noble caballero.

Mas ¡recordad!: no todo es lo que parece.

—¡Guau! —Sam y Prune se miraron fijamente.

El pájaro garabato, que había estado leyendo
el texto desde una viga del techo,
se rascó la cabeza.

—¡CROO! —exclamó—
¡CROO, CROO, CROO!

—¿Qué dice? —preguntó
Prune—. ¿Acaso sabe qué
significa?

—Parece que tiene una ligera
idea, pero no está seguro del todo... Cree
que deberíamos dirigirnos al Bosque Tenebroso
—Sam se frotó la nariz—. ¿Dónde está?

Prune sonrió.

—¿Te acuerdas del río en el que te pusiste
a nadar cuando encontramos tu espada? Pues
si sigues su curso media milla, irás a parar al
Bosque Tenebroso. Nadie se atreve a adentrarse
en él. Es el bosque al que mamá dice que
nunca, JAMÁS de los JAMASES, debemos
acercarnos. —Prune le dio a Sam una palmada
en la espalda—. ¡Esta sí que va a ser una
VERDADERA aventura! ¡En marcha!

VOLANTES ROSAS

Los dos aventureros enseguida estuvieron
listos. Sam se armó con su espada y con su
escudo mientras Prune ensillaba a Weebles.
A continuación ayudó a Sam a hacer lo propio
con Dora, su enorme yegua blanca. Instantes
después se alejaban del castillo rumbo al río
y al Bosque Tenebroso.

—Oye —dijo Prune—, ¿crees que vamos
a rescatar a una princesa? Eso es lo que suelen
hacer los nobles caballeros, ¿no? —Hizo
una pausa y observó con atención las orejas
de Weebles—. Hum… ¿Y qué haremos
con ella después de rescatarla? No creo que
mamá y papá se pongan a dar saltos de
alegría si regresamos con una sosa princesita
emperifollada con un vestido de volantes
rosas. ¿O acaso tienes intención de casarte
con ella?

Sam pareció horrorizarse.

—¡Ni de BROMA! La llevaremos de vuelta
a donde corresponda.

—¿Y si ella no quiere ir? ¿Y si se enamora
de ti nada más verte? —Prune se giró para
observar a su primo—. No, eso no creo
que suceda, aunque…, si no ha visto a nadie
en los últimos cien años, dudo que se ande
con remilgos.

—Si lleva cien años sin ver a nadie,
lo que será es una ANCIANA —señaló Sam—.

Querrá una silla de ruedas
y un caldero de agua
caliente, no a alguien
con quien casarse.

—Supongo que tienes razón —accedió
Prune—. Y la verdad es que no sabemos si de
verdad se trata de una princesa. El pergamino
solo indicaba: «Deberéis liberar al cautivo»,
¿cierto? Podría referirse a un canario,
¡o a un dragón!

—O a un príncipe
—apuntó Sam—. ¡O a una
reina o a una bruja!

Prune resopló.

—¡Vaya estupidez!
¿Por qué habría de ir un
noble caballero al rescate de
una bruja? Me da en la nariz
que va a ser una princesa.

Sam, consciente de que Prune siempre quería
tener la última palabra, prefirió no contestar,
y siguieron cabalgando en silencio.

El río era mucho más bravo de lo que Sam
esperaba. Sus aguas descendían con fuerza por
entre los bancales rocosos, y en su superficie
se arremolinaban las ramas arrancadas a su
paso, como si fueran simples palos. En la orilla
opuesta, unos árboles de altas copas acechaban
en la oscuridad. A Sam un escalofrío le recorrió
la espalda.

—Hum… —murmuró el joven—. ¿Cómo
haremos para cruzarlo?

Prune le dedicó una mirada desdeñosa.

—Hay un puente, como es natural.

—¡Ah! —Sam palmeó a Dora para apaciguarla. Prune se alzó sobre los estribos para otear el horizonte y dejó escapar un grito de alegría:

—¡Ahí está! ¡Venga, Sam! ¡Te echo una carrera! ¡Burro el último! —exclamó, y avanzó a galope.

Sam, desprevenido ante el desafío, no tenía la más mínima posibilidad de ganar. Dora y él alcanzaron a Prune cuando ya estaba al otro lado del destartalado y viejo puente, esperándolos con una sonrisa chulesca.

—¡Weebles es el mejor! ¡No hay otro igual, es un ganador!

—Has salido con ventaja —comentó Sam, molesto, mientras atravesaban el puente. Los tablones de madera estaban viejos y desvencijados, en algunos puntos incluso se habían desprendido y habían dejado un hueco. Dora se tomó su tiempo para cruzar, fue asegurando cada paso. Sam estaba más que contento de que lo hiciera así.

—¡Uf! —exclamó cuando por fin pisaron tierra firme—. ¡Parece que nadie haya cruzado por aquí en siglos!

—¡Y que lo digas! —admitió Prune—. Los lugareños nunca se acercan. Existen montones de historias sobre monstruos terroríficos. ¡Ojalá nos topemos con alguno!

—¡Sí! —dijo Sam, y se enderezó sobre su silla—. ¡Y ojalá rescatemos a la princesa!

A medida que dejaban atrás el puente,
los árboles del Bosque Tenebroso parecían
volverse más altos y más amenazadores. El pájaro
garabato, que durante ese tiempo había estado
sobrevolando sus cabezas, bajó a posarse en
el hombro de Sam.

—¡CROO! —graznó.
Sam detuvo de
inmediato a Dora.

—¿Lobos? —preguntó—.
¿Dices que ves lobos? ¿Lobos
DE VERDAD?

—¡No va a estar viendo lobos
de mentira, tonto! —apuntó Prune—.
¡Qué emocionante! ¿Son grandes y fieros con
hocicos babeantes y mandíbulas llenas de dientes
afilados?

El pájaro garabato ladeó la cabeza.

—¡CROO! ¡CROO! ¡CROO!

—Ah… —Sam pareció aliviado y Prune lo
miró con recelo.

—¿Eso quiere decir que no son lobos?

—Dice que se trata de una vieja abuela loba y de sus tres lobeznos —tradujo Sam—. Según Dandy, parecen amistosos; los pequeños lo han saludado…

Prune frunció el ceño.

—Pues no tiene mucho sentido. ¿Dandy está seguro de que no intentaban engañarlo para cenárselo?

—¡CROO! —El pájaro garabato se revolvió indignado—. ¡CROO!

—Está bien —desistió Prune—. Hasta yo he entendido eso. Bueno, ¿y a qué esperamos? Vayamos a ver a esos lobos tan dóciles y tan amistosos. Quizá puedan decirnos dónde encontrar gigantes que nunca se mueven.

Prune sacudió las riendas de Weebles, y el animal empezó a trotar. Sam y Dora los siguieron, y pronto los cuatro avanzaron entre los altísimos árboles.

—¡Auuuuuuuuuuuuu!

Weebles salió espantado del camino y se cobijó en un zarzal; Dora frenó en seco justo detrás de él, y Sam fue a caer sobre el cuello de su yegua.

—¡Uy, por qué poco! —suspiró Sam, volviéndose a acomodar en su silla.

—¡Ay! —exclamó Prune mientras se quitaba una espina de la rodilla. Echó un vistazo alrededor—. ¿Eso ha sido un aullido de lobo? ¿Dónde estará?

—Grrrrrrrrr… Aquí —respondió una voz gruñona, y una loba ya entrada en años salió de detrás de un árbol—. Bienvenidos al Bosque Tenebroso, queridos. ¡Lobeznos, salid a saludar a las visitas!

—¡No vamos, no vamos, no vamos!
—entonaron tres lobeznos dejándose ver.
Y sacaron la lengua a Sam y a Prune—. ¡Viles,
viles, VILES humanos!

La abuela loba meneó la cabeza.

—A ver, queridos míos. No todos los humanos
son viles, ya lo sabéis. Y estos son cachorros
humanos, no humanos adultos.

El lobezno más grande no dejaba de mirar
a Sam.

—¿Por qué tienes una espada, humano?
¿Nos vas a rebanar las colitas? Si lo intentas...
¡Te morderé, morderé, MORDERÉ! —le advirtió,
abriendo las fauces para mostrarle sus afilados
dientes.

Sam hizo una educada reverencia.

—Soy Sam J. Butterbiggins, aprendiz de
caballero. Digamos que llevar espada y escudo
es casi una tradición cuando uno es caballero.
Y ni se me ocurriría haceros daño.

Los otros dos lobeznos se dieron un empujón
cómplice y se rieron abiertamente.

—¡Oooooh! ¡Ni se le ocurriría hacernos daño!
Qué suerte, suerte, suerte la nuestra, lobeznos.
¡Snapper le ha debido de dar un buen susto!
¡Je! ¡Je! ¡Je! ¡Levantémosle un poco el ánimo
a este gran y valiente caballero! —Y salieron
entre carcajadas de donde estaban para
bloquear el camino.

—¿Verdad que son unas criaturillas adorables?
—afirmó embelesada la abuela loba, pero Prune
no se dejó amilanar.

—No, están siendo muy groseros. Si Sam está
aquí es porque debe cumplir una importante
misión. Si haces el favor de decirles que se
aparten, seguiremos nuestro camino.

—¡Menuda estirada! —replicó la abuela, al tiempo que negaba con la cabeza—. Conque una importante misión… ¿Y cuál es esa misión?

Los lobeznos se mantenían en su sitio y en sus ojos se percibía un aire de desdén.

—¿Qué busca el gran y valiente Sammy? ¿Un camino tortuoso, tortuoso, tortuoso o algún espeluznante fantasma peludo? ¡Je! ¡Je! ¡Je!

Sam empezó a sentirse incómodo. Sabía que Prune estaba perdiendo la paciencia y le preocupaba que se le agotara por completo. Miró a un lado y a otro para comprobar si podrían rodear a la manada. Entonces se percató de que alguien más los observaba: un lobo que se apoyaba despreocupadamente contra un abedul. Cuando Sam lo miró, el animal elevó una de sus peludas cejas.

—Hay que andarse con ojo —advirtió el lobo sin alzar la voz—. Mostraos amables con esos lobeznos. Su padre es el mandamás de este bosque, y él adora a sus hijos. Enfadadlo y será lo último que hagáis. Tiene… ¿cómo los llamaría? Ayudantes. Él los llama sus «ricuras», pero de ricuras tienen bien poco. De verdad, verdad, VERDAD, más os vale no caer en sus garras…

PENITA PENA

—¡Oh! —A Sam se le revolvió el estómago.
Lanzó una mirada a Prune, que permanecía con
el ceño fruncido, y se apeó a toda prisa de lomos
de Dora. Los tres lobeznos dejaron de reír
y clavaron sus ojos en él.

—¿Qué es lo que quieres,
Sammy, Penita Pena? —le
preguntó Snapper, que
se puso a bailar haciendo
círculos a su alrededor—.
¡Me llamo Snapper!
Soy listísimo. ¡Soy
el lobezno más listo
que ha existido!

Sam tomó aire.

—¡Guau! ¿El lobezno más listo que
ha existido? ¡Pues eres justo lo que estábamos

41

buscando! ¡Alguien muy listo que pueda ayudarnos!

Snapper dejó de bailar de inmediato y lanzó a Sam una mirada de desconfianza.

—¿Te burlas de mí?

—No —Sam cruzó los dedos tras su espalda y procuró que su respuesta sonara convincente—. Necesitamos encontrar a los gigantes que nunca se mueven y…

—¡Sam! —Prune lo miró fijamente—. No nos hace falta ningún estúpido…

—… plan discurrido por mí —Sam acabó la frase de su prima y asintió con entusiasmo, con la esperanza de que ella adivinara que había un motivo de peso para que la interrumpiera—. Tienes razón, *lady* Prunella. Toda la razón. ¡A veces se me ocurren planes MUY estúpidos!

Prune observó desconcertada a Sam.

—¿QUÉ?

—En fin —Sam retomó la palabra antes de que su prima pudiera reaccionar—, ¿a TI qué se te ocurre, Snapper?

Snapper se rascó la oreja
y frunció el ceño, como si
reflexionara profundamente.

—¿Gigantes? ¿Grandes?

—Y no se mueven
nunca —lo alentó Sam.

El lobezno se rascó
la otra oreja.

—Hummm. ¿Quieres decir como los árboles?

Por un momento se hizo el silencio y a
continuación Sam saltó y alzó un puño al aire.

—¡Guaaaaaau! —exclamó
triunfante—. ¡Desde luego
que eres el lobezno más
listo que ha existido
nunca! Por SUPUESTO:
¡los gigantes que no se
mueven son árboles!
¡Por eso Dandy sugirió
que viniéramos
al Bosque
Tenebroso!

—¡CROO! —asintió el pájaro garabato, y descendió a una rama más baja.

Snapper parpadeó.

—¿Gigantes? Oh… ¡OH! —exclamó, y a medida que fue tomando conciencia de lo que había dicho, se sintió cada vez más pagado de sí mismo—. ¡Oh, sí! Así soy yo: ¡el lobezno más listo que ha existido nunca!

—Muchas gracias —le dijo Sam—. Y quizá también puedas ayudarnos a encontrar… ¿qué era, Prune?

—Una torre que nunca se construyó —comentó Prune, quien se bajó de su poni y susurró al oído de Sam—: ¡Sam! ¡Para ya!

No necesitas ayuda de un estúpido lobezno.
Es un INCORDIO…

—¡Chis! —chistó Sam, pero Snapper ya la había oído.

—¡Y TÚ ERES una desagradable diabla dominante marisabidilla! —Y posó una pata sobre el brazo de Sam—. ¡Es amigo mío! ¡Y nos vamos a explorar! —anunció Snapper, que de inmediato se giró para dirigirse a sus hermanos—: Id a casa con la abuela. ¡Yo tengo cosas que hacer!

Sam miró a la abuela loba, contando con que ella no acataría aquella instrucción, pero el caso es que sí lo hizo.

—¡Pero qué lobezno tan inteligente! ¡Idéntico a su padre! ¡Él ordena y nosotros obedecemos!

—Pero nosotros también queremos irrrrrrrr… —gimieron sus hermanos.

—Otra vez será, mis pequeños —los consoló su abuela.

En cuanto desaparecieron en la oscuridad del bosque, Prune se abalanzó sobre Sam.

—¡Sam! ¿Por qué eres tan amable con ese estúpido lobezno? Lo único que va a hacer es estorbarnos. Podemos encontrar las torres nosotros solos... ¡Estoy segura!

—Diabla dominante marisabidilla..., ¡a callar! —Snapper enseñó los dientes—. ¡No soy ningún estúpido! ¡A mí no me llames cosas! ¡Le voy a hablar de ti a mi papá! ¿Gibble? ¡Gibble! ¿Dónde estás?

El lobo de cejas peludas salió de entre las sombras y se encogió de hombros al pasar frente a Sam.

—Que conste que traté de advertiros.

Prune se quedó mirándolo.

—¿Quién eres tú?

—Me llaman Gibble. Soy cuidador, recadero, ayudo a quien me lo pide... Se supone que tengo que vigilar a los lobeznos —les informó el lobo, volviéndose a encoger de hombros—. Es un trabajo.

—¡Gibble! ¡Dile a mi papá que necesito a las «ricuras»! —exclamó Snapper, bien firme sobre sus patas.

El lobo dudó.

—¿Las «ricuras»? ¿Estás seguro?

—¡Haz lo que te digo, Gibble! —sonó la estridente voz del lobezno—. ¡No quiero que nadie me llame cosas desagradables! ¡Díselo a mi padre! ¡Y díselo YA!

Gibble hizo una reverencia.

—Como gustes, amo Snapper —claudicó, y acto seguido echó el pescuezo hacia atrás y emitió un largo aullido que resonó en todo el bosque. Durante un momento reinó el silencio, y poco después se escuchó otro aullido como respuesta.

—¡Las «ricuras» te enseñarán a ser más amable! —Snapper fulminó a Prune con la mirada.

Pero Prune no se achantó.

—Seré amable contigo cuando tú lo seas conmigo —sentenció—. Y no deberías ir corriendo a chivarte a papá cada vez que alguien te moleste. Deberías valerte por ti mismo. Como yo.

Al recordar las disputas de Prune con su madre, Sam se echó a temblar. «A veces —pensó—, la vida es más fácil si uno se muestra amable y actúa con tacto». Con esa máxima en la mente, sonrió aliviado.

—¿Por qué no empezamos a buscar la torre? —sugirió—. Snapper, si te apetece venir, por nosotros, estupendo. Eso sí, Prune es mi fiel compañera y no puedo cumplir mi misión sin ella. Y si no lo logro hoy, ¡nunca seré un auténtico noble caballero! —A Sam se le hizo un nudo en la garganta ante esa posibilidad. Tomó una bocanada de aire y continuó—:

¡Y eso es lo que deseo más que cualquier otra cosa del mundo mundial!

Snapper parecía desconcertado.

—¿Un auténtico noble caballero? ¿Y eso en qué consiste?

Los ojos de Sam brillaron.

—¡En hacer buenas obras! Los caballeros salen al rescate de personas en apuros o en busca de valiosos objetos perdidos, son leales a sus amigos, eligen el bien sobre el mal y ayudan a los pobres y necesitados. Son... ¡Sencillamente, son lo MEJOR!

—¿Existen nobles lobos? —reflexionó en voz alta Snapper, y Sam lo miró sorprendido.

—Pues no veo por qué no.

—¡Ajá! —bufó ruidosamente Prune—. Un noble lobo nunca acudiría a su papá para que le solucionase los problemas. Los solucionaría por sí mismo.

El lobezno sacó la lengua.

—¡Y una noble dominante marisabidilla sería amable con los lobeznos!

El rostro de Prune se encendió. Por un momento Sam creyó que su prima explotaría, pero, para su sorpresa, empezó a reírse.

—Pues es verdad. ¿Amigos? —propuso.

Se bajó del poni y le tendió la mano.

Snapper vaciló y miró a Sam.

—¿Ayudarás a Snapper a convertirse en un noble lobo?

—Se intentará —respondió Sam, y el lobo le alargó su pata.

—¡Amigos! —acordó Snapper. A Prune le lanzó una mirada

de refilón y le soltó—: Tal vez tú y yo nos
hagamos amigos más adelante.

—Me parece bien —contestó Prune—. A ver,
¿podemos retomar la búsqueda de la torre que
nunca se construyó? —Prune subió a la grupa
de Weebles y cogió las riendas—. Snapper, tú
ve delante. ¡Adentrémonos en el bosque!

—¡Espera un momento! —la detuvo Gibble—.
¿No olvidas algo? ¿Qué hay de las «ricuras»?
Estarán de camino… ¡Deberíais iros pitando!
¡Los dos! ¡Huid mientras podáis!

—¡Al cuerno con las «ricuras»! —exclamó
vivamente Prune—. Nos traen sin cuidado,
¿verdad que sí, Sam?

Sam, que estaba detrás de Dora, sonrió
a Gibble.

—¡Verdad! Ahora todos somos
amigos.

Gibble sacudió la cabeza.

—Ojalá fuera así de fácil…
Bueno, luego no digáis
que no os lo advertí.

CENA PARA LAS «RICURAS»

Cuanto más se internaban en el corazón del bosque, más idóneo le parecía a Sam el término «gigantes» para describir los árboles. Muchos tenían rostro, y un viejo roble le guiñó un ojo cuando pasó junto a él a lomos de Dora.

—¿Estos árboles se pueden mover? —preguntó a sus acompañantes.

Snapper iba demasiado adelantado para oírlo, pero Gibble, que avanzaba a su lado, meneó la cabeza.

—Demasiado pesados —respondió—. Los jóvenes sí, aunque solo un poco, pero los mayores ya no; sus raíces son muy profundas.

La rama de un árbol se combó y revolvió los cabellos de Sam. A continuación, se enderezó y emitió una risilla mientras que el joven se dolía:

—¡AU!

—Desconfían de los humanos —explicó
Gibble—; aunque no corres peligro. Mmm… al
menos no tanto como si empuñases un hacha. A lo
que vamos: no debes preocuparte por los árboles.

Sam se frotó la nariz.

—¿Y debo preocuparme por alguna otra cosa?

Gibble pareció incomodarse.

—¡No se te habrá olvidado! Tuve que avisar
a las «ricuras».

—Pero eso no es un problema.
—Sam señaló a Prune y a Snapper,
que conversaban alegremente—.
Si se llevan de maravilla…

—¡¡¡AAAAAAAAAA-
AAAAAAAAAAAAGH!

Esa era la voz de Prune…, pero ella
se había esfumado. Weebles se encontraba
bajo la rama de un árbol, desconcertado,
y Snapper miraba al poni sin amazona
boquiabierto.

—¡¡¡AYUDA!!!
¡SAM!

El grito
provenía
de las ramas
más altas.

Sam echó un vistazo por entre las rumorosas hojas y logró entrever fugazmente a su prima, manteada de un árbol a otro por las criaturas más espeluznantes que había visto en su vida.

Una de ellas tenía tres ojos y tentáculos y allá por donde pasaba lo dejaba todo lleno de babas. La otra, con más brazos de los que Sam fue capaz de contar, hacía malabarismos con Prune como si se tratara de una pelota de playa.

—¿Quiénes son ESOS? —preguntó, frotándose los ojos y volviendo a mirar... Pero, para entonces, Prune había desaparecido.

Gibble suspiró.

—Esos, amigo mío, son las «ricuras».

—Pero... —Sam se había puesto pálido y no dejaba de temblar—. ¿Qué van a hacer con mi prima?

—¡Quién sabe! Nadie ha osado nunca acercarse a su madriguera —respondió Gibble, y después tosió—: Ejem... Me temo que puede que se haya ido para siempre.

Sam lo miró fijamente y frunció el ceño.

—¡Ni hablar! —comentó—. ¡Soy Sam J. Butterbiggins, aprendiz de caballero, y nadie captura a mi fiel compañera! ¡La encontraré y la traeré de vuelta! —anunció, para después buscar con la mirada al pájaro garabato—. ¿Dandy? ¿Dónde estás?

No hubo respuesta. Por un instante, Sam se sintió abatido; ¿también habían apresado a Dandy? Pero Snapper llegó a la carrera por el sendero con noticias frescas.

—¡El pájaro los ha seguido! —exclamó—.
¡Lo he visto! ¡Se marchó volando tras las
«ricuras»! —Al reparar en la expresión de Sam,
hizo una pausa—. Oooooh... ¿estás enfadado
con Snapper... porque hice que llamasen a
las «ricuras»? —Agachó la cabeza y comenzó
a gimotear.

Sam se debatía internamente. El lobezno tenía
razón, aunque tal vez también él tenía su parte de
culpa. Después de todo, Gibble le había dicho que
anduviera con ojo, y no había advertido a Prune.

Un pensamiento ocupó su mente y miró
esperanzado a Snapper.

—¿Podrías pedirle a tu padre que la traigan
de vuelta?

Snapper se puso a gimotear todavía más
fuerte, y Gibble negó con la cabeza.

—Según cuentan, una vez que dan con
su presa, nunca la sueltan. —Hizo una pausa
y añadió—: Jamás.

—Bueno... Esta vez será diferente. —Sam
se cruzó de brazos—. Yo de aquí no me muevo

hasta encontrar a Prune.
En cuanto Dandy me
diga qué dirección
seguir, allá iré.

—¡Y yo! —Snapper
se repuso de un salto—.
¡Quiero ayudar!

Gibble hizo una advertencia:

—¡A tu padre no le va a gustar nada, amo
Snapper!

—Descuida —resolvió Snapper, y acto
seguido emitió un largo aullido—. ¡Cuenta con
Snapper! —afirmó mirando a Sam—. ¿Qué me
dices, aprendiz de caballero?

Sam miraba al cielo con la esperanza de que
el pájaro garabato regresase.

—¿Cómo? Sí, sí, por mí, bien. Si a Gibble no
le importa.

—Es mi trabajo —respondió con voz
apagada Gibble—. Donde vaya él, voy yo. Son
órdenes. Si se pierde, después de la joven dama,
la siguiente cena de las «ricuras» seré yo…

—¿CENA? —Sam se sobresaltó—. ¡No habías dicho nada de una cena!

—En realidad, nadie me ha contado nunca qué es exactamente lo que pasa… —aclaró Gibble—, pero sé que tienen un caldero enorme.

Sam se estremeció. Solo había podido ver de pasada a las «ricuras», pero había sido suficiente.

—Tenemos que encontrar a Prune cuanto antes —los apremió, cabalgó hasta llegar junto a Weebles y cogió sus riendas.

El poni, sin embargo, parecía tener otros planes. Permanecía alerta y no dejaba de batir las orejas hacia atrás y hacia delante.

63

Cuando Sam se acercó, Weebles alzó el cuello
y relinchó. Al segundo, se perdía a galope
tendido entre los árboles. Dora contestó con
otro relincho y salió trotando tras él.

—¡Más aprisa,
Dora! —la urgió
Sam—. ¡Galopa!
¡Debemos alcanzar
a Weebles! Si regresa
al castillo sin Prune, la tía Egg
se pondrá histérica...

—¡CROO! —graznó el pájaro garabato,
dejando una estela de plumas tras él.

Dora ralentizó el paso.

—¡CROO! ¡CROO! ¡CROO!

—¿En serio? ¿Debemos seguir a Weebles?
—Sam miró sorprendido a Dandy—. ¿No va
a casa?

El pájaro garabato sacudió la cabeza.

—¡CROO!

Snapper observaba a Sam con los ojos como
platos.

—¿De verdad entiendes a ese pájaro?

—Claro —respondió Sam—. Dice que
Weebles es capaz de oír los gritos de Prune,

por eso ha salido en su busca; así que debemos seguirlo. Dandy afirma que no está lejos. Ha visto cómo las «ricuras» se dirigían a un pequeño claro del bosque.

—Yo no oigo nada —replicó Snapper frotándose las orejas—. ¿Y tú, Gibble?

Gibble negó.

—Demasiado viejo y demasiado sordo.

—Prune asegura que Weebles es capaz de oírla a noventa millas de distancia —les comentó Sam—. Debe de ser verdad.

—¡CROO! —se mostró de acuerdo el pájaro garabato—. ¡CROO! ¡CROO! ¡CROO!

Sam lo miró horrorizado.

—¿Que las «ricuras» estaban encendiendo un fuego? ¡Oh, NO! Tengo que salvarla... Ya buscaremos a la princesa más tarde. ¡En marcha, Dora!

UNAS ZARZAS
CON MALA ESPINA

Como equipo de rescate, el grupo resultaba
un pelín extraño. El pájaro garabato
sobrevolaba a un Weebles sin jinete ni
amazona, que a su vez era seguido
por Sam montado en su yegua
Dora. Ambos animales atravesaban
el frondoso bosque todo lo rápido
que la prudencia aconsejaba, y tras
ellos corrían un jadeante lobezno
y un lobo de cejas peludas.
Sorteaban árboles
a uno y otro lado.
Algunos de los abedules
más jóvenes se apartaban
a su paso; sin embargo,
ni robles ni hayas accedían
y no se movían ni un palmo.

71

—Ya estoy viejo para esto —se quejó Gibble
al alcanzar la hondonada de verde hierba en la
que se había detenido Weebles, que volvía
a mover sus orejas tratando de oír algo más.

—Amo Snapper, ¿no crees que deberíamos
regresar a casa?

Snapper sacudió la cabeza.

—¡No quiero! ¡Vete TÚ!

Gibble soltó un suspiro.

—Ya me gustaría…

Sam le hizo un gesto al pájaro garabato.

—¿Estamos cerca?

—¡CROO! —graznó el pájaro, que agitó
un ala para indicar un pequeño espacio
entre dos grandes pinos.

—Oh… —Sam se apeó
de la grupa de Dora—.
Mejor voy caminando, ¿no?

El pájaro garabato asintió.
Weebles relinchó con voz aguda y seca
en señal de aprobación, lanzó a Sam una mirada
significativa y a continuación se puso a pastar.
Dora, encantada con la idea, se unió a él.

—¿Listos? —preguntó Snapper.

—Listos —contestó Sam, que agarró su
escudo y se aseguró de poder desenvainar
su espada en caso de necesidad—. ¡Vamos allá!
—Emprendió de puntillas el camino hacia el
pinar, con Snapper pisándole los talones
y seguidos por un reticente Gibble
que avanzaba a grandes
zancadas.

Al otro lado de los árboles, el sendero se
entrecruzaba aquí y allá de tal modo que Sam
empezó a dudar de por dónde debía seguir.
Si el pájaro garabato no hubiera estado
sobrevolando la zona, a buen seguro se habría
extraviado.

—¡Dandy, creí que estaba cerca...! —protestó
el joven entre jadeos, en una pausa para coger
aliento.

Una zarza con muy mala espina le había
rasgado la túnica cuando trataba de quitarle
la espada. Sam empezó a preguntarse si alguna
vez lograría encontrar a Prune.

—¡CROO! —lo animó el pájaro garabato.

—Para ti todo es mucho más fácil —se lamentó
Sam—. ¡Tú puedes volar! Pero yo tengo
la sensación de estar caminando en círculos.

—¡CROO!

—Eso es justamente lo que estamos haciendo.
—Gibble se abrió paso a través de las zarzas,
entre resoplidos—. Las «ricuras» no quieren
que nadie las encuentre... y ellas no necesitan

74

un camino, avanzan balanceándose de árbol
en árbol.

El recuerdo de las «ricuras» hizo que Sam se
estremeciera.

—Sí.

—De modo que no haces más que dar vueltas
—comentó Gibble—. Y vueltas y vueltas…
La situación solo puede a ir a peor.

—¡Ni hablar! —exclamó
Sam con rotundidad—.
Unos simples arbustos
no lograrán vencer a un
aprendiz de caballero.
¡No cederé!

—Ni yo
—dijo Snapper.

Gibble
suspiró
resignado.

—Deberías
volver a casa,
amo Snapper.

—¡NO! —refunfuñó Snapper ante el viejo lobo—. Si estás cansado, quédate aquí.

—Pero… —comenzó a decir Gibble.

—¡No, no, NO! ¡Le diré a papá que te lo ordené! ¡Quédate aquí! —El lobezno levantó una pata.

—Cuidaré de él lo mejor que pueda —prometió Sam, y Gibble sacudió la cabeza.

—Más te vale… o las «ricuras» irán a por ti. Mis viejas patas están demasiado cansadas… —comentó, y se acurrucó entre un puñado de helechos.

Pasados unos instantes, Sam escuchó unos ronquidos.

La siguiente etapa del viaje fue la más dura de todas. Sam se internó en el espinoso y punzante zarzal, se coló por entre abruptos peñascos, mantuvo el equilibrio sobre unos tambaleantes troncos para cruzar un pantano de aguas verdes y rugidoras… Snapper se echó a temblar al ver la ciénaga, y Sam se vio obligado

a cargar con él en brazos. ¡Cómo le dolían
cuando logró cruzar!

—¡Pesas un quintal, Snapper! —le dijo
al dejarlo en el suelo.

—¡Snif, snif!
—La nariz de Snapper
se agitó—. ¡Humo!

Sam se detuvo.
El lobezno tenía razón.
Definitivamente, olía a madera quemada,
y mientras Sam avanzaba con sumo cuidado,
podía oír el crepitar de la leña. Dio unos pasos
más y entonces atisbó un claro del bosque.

—¡CROO! —gritó el pájaro garabato.

El humo se fue haciendo más y más denso,
y Sam se vio obligado a contener la tos. Al mirar
a su alrededor, localizó un pino bien alto con las
ramas lo suficientemente bajas como para poder
trepar por ellas. Se llevó el índice a los labios
y se agachó para susurrarle a Snapper:

—Voy a subir a la copa del árbol, a ver si
desde ahí logro ver a Prune —Y respiró hondo.

Snapper asintió y se sentó. Sam comenzó a trepar. Había ascendido algo más de la mitad cuando un golpe de viento disipó momentáneamente la humareda y le permitió ver con claridad. Se quedó anonadado.

En efecto, había un fuego… y las «ricuras» se afanaban en echar ramas sobre la chispeante hoguera para alimentar las llamas. No había ni rastro de Prune, pero Sam se quedó helado al ver el enorme caldero apoyado en el inmenso tronco hueco de un roble. Junto al caldero había un montón de zanahorias, cebollas y coles cortadas con esmero, además de un largo cucharón.

«¡Oh, no! —pensó Sam—. ¡Se preparan para cocinar algo…!».

Con muchísimo cuidado, palmo a palmo y conteniendo la respiración, Sam se aproximó desde una rama para oír lo que decían. Estaban muy atareados, hasta que a uno de ellos se le cayó un leño en un tentáculo y lanzó tal chillido que Sam casi perdió el equilibrio.

—¡Rayos y truenos, bobo Bob! —gritó el más grande—. ¿Qué te pasa, trucho feúcho? ¡Ya casi es hora de ñam, ñam!

—Me hice daño en los tentaculitos —contestó Bob—. ¡MUCHO daño, Geoff!

Geoff bufó.

—Tú te lo has buscado, mentecato... Bobo Bob, ¡ten más cuidado!

Las mejillas verdosas de Bob estaban bañadas en lágrimas.

—¡Pobre bobo Bob! ¡Pobre bobo!

Se escuchó de nuevo un bufido, y Geoff se dirigió con paso firme hacia el caldero.

—¡Hora de poner pote grandote al fuego, Bob! ¡Hora de cocina vecina y papa que te papa! —Se frotó su abultado estómago—. ¡Rica, rica, rica cuchipanda! ¡Qué contento está este Geoff! ¡Preparemos puchero, ñam, ñam!

Ñam, Ñam

Sam contuvo la respiración. ¿Acaso iban
a sacar a Prune de algún escondrijo? ¿O (y solo
de pensarlo su corazón se desbocó) quizá ya
estaba dentro del caldero? Buscó acomodo en
la parte delantera de la rama para vislumbrar
el interior de la gran olla, pero no divisó nada
más que una verdosa y amarillenta baba.

—¡Uf! —murmuró—. ¡Qué asco!

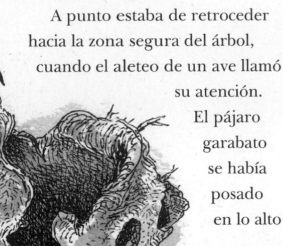

A punto estaba de retroceder
hacia la zona segura del árbol,
cuando el aleteo de un ave llamó
su atención.

El pájaro
garabato
se había
posado
en lo alto

del tronco hueco del roble para espiar. Sam avanzó un poco más hacia el extremo de la rama para descubrir qué acaparaba la atención del ave. Dandy no perdía de vista un pañuelo atado en la punta de un palo y… allí había una cara muy familiar…

«¡Sacadme de aquí! —pudo leer en el movimiento sordo de aquellos labios—. ¡Daos prisa!».

Sam se sobresaltó.

—¡Prune! ¡Eres tú!

Con los nervios, ¡Sam lo había dicho en voz alta! Geoff y Bob se quedaron atónitos al oírlo.

—¿Eso haber sido qué, bobo Bob? —susurró Geoff.

—¡Miedo llorar espía! —Los tres ojos de Bob miraron en tres direcciones distintas. Geoff alzó su hocico y olisqueó ruidosamente.

—¿Ser posible quizá oler lobito? —comentó—. ¿Por qué venir lobitos aquí?

Sam, reculando en la rama, echó un vistazo hacia abajo. Snapper se había erguido y sus orejas se movían a un lado y otro.

—Bobo Bob mira alrededor —anunció Bob, y rodeó el fuego a toda velocidad.

—¡Mira mirando! —se mostró de acuerdo Geoff, quien se dirigió hacia el árbol de Sam como un rayo.

Había que hacer algo.

Sam arrancó un par de piñas y las lanzó con todas sus fuerzas al otro lado del claro.

Las piñas cayeron sobre un montón de hojas, provocando un sonoro crujido.

Las «ricuras» se detuvieron y cambiaron de dirección inmediatamente. Sam aprovechó para deslizarse tronco abajo, y casi aterrizó sobre Snapper.

—¡Prune está dentro del tronco! —susurró el joven—. ¡Hay que sacarla de ahí! —Echó una mirada a su alrededor, pero no vio vides ni nada semejante que pudiera utilizar a modo de cuerda—. ¡Una escalera! —La cabeza de Sam trabajaba a toda velocidad—. ¿Qué podríamos usar como escalera?

Snapper se rascó la cabeza.

—No sé.

Bob y Geoff rebuscaban entre la hojarasca, murmurando entre ellos. Al comprobar que estaban a punto de dirigirse a otro lugar, Sam agarró una piedra y la arrojó contra el zarzal. Las «ricuras» se pararon y, acto seguido, a una velocidad de vértigo, treparon por el tronco de un árbol cercano para otear los arbustos desde lo alto.

Sam empezó a desesperarse.

—¡No puedo seguir tirando cosas! Snapper... ¿DE VERDAD quieres ser un noble lobo? ¿Puedes entretenerlos mientras yo vuelvo a subirme al pino? Si arqueo lo suficiente una de sus ramas, tal vez consiga sacar a Prune de ahí...

Snapper parecía excitado.

—¡Soy el lobezno más listo que ha existido nunca! —exclamó, y se puso a merodear entre los árboles para distraer a las «ricuras». Silbó, después trepó e hizo crujir un montón de hojas.

Sam se encaramó a lo alto del pino por segunda vez.

«Podría funcionar», se dijo mientras trepaba por la larga rama que sobrevolaba el tronco del árbol. A medida que avanzaba, la rama se iba combando, y no quiso ni imaginar qué pasaría si llegara a romperse.

—¡Piensa en positivo! —murmuró para sí, y justo entonces vio a Prune debajo.

Su prima se las había ingeniado para apilar trozos de madera en el hueco del tronco y se había subido a ellos para asomarse al exterior. Sam se sujetó a la rama con un brazo y extendió el otro hacia Prune.

Todavía estaba demasiado alto. Reptó a un lado y al otro, descendió un poco más… y la alcanzó. Agarró la mano extendida de Prune, y la rama crujió con un sonido muy poco tranquilizador.

—¡Oh, no! —Sam cerró los ojos, y trató de retroceder. La rama volvió a chasquear con un ruido aún mayor.

—¡Colúmpiame! —ordenó Prune—. ¡Colúmpiame lo más alto que puedas!

Sam se armó de valor y empezó a
balancearla.

—¡MÁS ALTO! —siseaba Prune. La rama
oscilaba cada vez más y ella se dejó ir.

Sam abrió los ojos
y vio a su prima arrastrarse
por una de las ramas inferiores
con la facilidad de un mono. Instantes
después, la joven estaba a salvo, esperándolo
con los pies en el suelo.

Durante un rato, Sam se sintió demasiado
cansado como para moverse. Con un esfuerzo

titánico, retrocedió arrastrándose por la rama hasta llegar a donde estaba ella.

—Hola —la saludó, y esperó a que su prima le diera las gracias. Prune, lejos de mostrarse agradecida, tenía algún reproche que hacerle.

—¡Has tardado AÑOS! —le recriminó—. ¡Pensé que me convertiría en guiso de Prune!

—¡Auuuuu! —El lastimero aullido de Snapper resonó por todo el claro—. ¡Auuuuu! ¡Bajadme!

Sam y Prune se giraron y vieron a Geoff avanzar en su dirección con paso decidido, y con Snapper preso entre sus brazos. Bob lo seguía de cerca. Ambos mostraban una enorme sonrisa que dejaba a la vista todos sus dientes.

—¡Pillado! —exclamó Geoff.

—Ñam, ñam —concordó Bob.

ADIÓS, GENTE MALA

Sam y Prune se quedaron petrificados.

—¡Auuuuuu! —Snapper trataba de
zafarse de los brazos de Geoff—. Ya no
quiero ser un noble lobo… ¡Deja que
me vaya!

Sam tragó saliva. Aquel era
el momento preciso para que
un aprendiz de caballero
mostrase la mejor versión de
sí mismo.

—¡Derrotar a los enemigos!
¡Derrotar a los enemigos!
—farfulló. Desenvainó
la espada y la blandió—.
¡Monstruos horribles! ¡Yo,
Sam J. Butterbiggins, vengo a
liberar a vuestro prisionero!

¡¡¡Dejad ir al lobezno!!! —Y salió corriendo hacia Geoff.

—¡Vamos, Sam, VAMOS! —gritó Prune—. ¡Machácalos! ¡Hazlos papilla! ¡Hazlos trizas!

Geoff chilló y soltó a Snapper; Snapper dudó dónde podría encontrar cobijo en el bosque, y mientras lo hacía se tropezó con Bob, y Bob con Geoff… Las «ricuras» rompieron a llorar a moco tendido, tirados en el suelo y sin dejar de patalear.

—Quiere hacer daño a bobo Bob
—gimió Bob.

—¡Nos ha llamado
monstruos horribles!
—sollozó Geoff.

—Yo solo quería
entregar lobito —hipó Bob.

—Entregar lobito…
—repitió Geoff, y ambos
sollozaron aún con más
fuerza.

Sam los observó con atención.

—¡Pero si ibais a cocinar a Prune!

De inmediato, las «ricuras» dejaron de berrear,
como si Sam hubiera apagado un interruptor.

—¿COCINAR? —se extrañaron los dos
al unísono.

—¡Sí! —Sam se cruzó de brazos y Prune
emuló su gesto—. Estabais avivando
el fuego…

—Para poner la olla a hervir…
Prune asintió.

—¡Os oí!
¡Después de que
me metierais en
ese horrible tronco,
no dejasteis de hablar
sobre ñam, ñam!

Los tres enormes
ojos saltones de Bob
pestañearon y su boca
se abrió de par en par de
tan asombrado como estaba.

—¡Pero nosotros ñam, ñam coles! ¡Y cebollas!
¡Y zana, zana, zanahorias! —exclamó, echándose
al suelo y volviendo a patalear—. Nosotros
NUNCA ñam, ñam carne y hueso. ¡Qué asco!
¡AJ, AJ!

Geoff volvió a ponerse en pie y se sonó con
la cola.

—¡Arg, arg! ¡PUAJJJJ!

Sam meneó la cabeza.

—¿Queréis decir… que no os coméis a las
personas que capturáis? Entonces, ¿QUÉ hacéis

con ellas? ¡Gibble nos aseguró que nadie vuelve
a verlas!

Las «ricuras» se miraron sin articular una
palabra. Luego Bob ondeó un tentáculo.

—¿Decírselo, Geoff?

Geoff, ansioso, se balanceó de un pie a otro.

—No sé, bobo Bob. ¡Pensar difícil! —comentó,
señalando la espada de Sam—. ¡Asquerosa afilada
puntiaguda cosa! ¡Mi pobre cabeza ponerse
nerviosa!

Sam envainó su espada.

—Está bien. ¡Decidnos!

Ambas «ricuras» volvieron a mirarse,
y Geoff se acercó con cuidado.

—¡Secreto es! Si jefe lobo sabe,
nosotros nunca más dar miedo…

Bob se estremeció.

—Lobo diría a «ricuras»: no hay
más coles. No más zana, zana,
zanahorias. ¡No más cebollas si no
preparar guiso con asquerosa carne!

Sam hinchó el pecho.

—Tenéis la palabra de Sam J.
Butterbiggins, aprendiz de caballero.
Vuestro secreto estará a salvo conmigo.

Prune se enderezó.

—Y tenéis la palabra de Prune,
fiel compañera de Sam
J. Butterbiggins.

Bob estaba casi
a los pies de Sam,
temeroso de
que alguien más
pudiera escucharlos.

—Ven, ven a ver… —susurró,
y le hizo un gesto con un tentáculo
para que lo siguiera antes de meterse en
el tronco de roble donde habían mantenido
cautiva a Prune.

Prune le propinó un leve codazo
a Sam.

—¿Será una trampa?

Sam no respondió. Un recuerdo
difuso aparecía en su memoria.

—Estoy tratando de recordar
qué decía el pergamino… ¿no decía
algo de derrotar a enemigos que eran
amigos?

—Puede que sí —Prune seguía
sin tenerlas todas consigo y, cuando
pasaron por delante del tronco
de roble, suspiró—: ¡Oh, Sam!
¡Mira! ¿Podría ser esta la torre
que nunca se construyó?
Nunca se construyó…
¡porque creció sola!

Sam sintió una excitación pasajera que se desvaneció de inmediato. En efecto, el árbol parecía una torre, pero no había ni rastro de una princesa. Respiró e intentó no pensar en la sensación de tener el estómago atiborrado de frías piedras que le había provocado la desilusión.

Bob y Geoff los conducían por un camino trillado. A los lados había pilas y pilas de barriles  cuidadosamente dispuestos; Sam los miró sorprendido, pero Bob y Geoff no hicieron ningún tipo de comentario.

—¡Silencio! —Prune se detuvo, y levantó un dedo—. ¿Escucháis el murmullo del agua?

—¡CROO! —afirmó el pájaro garabato.

—Sí... —asintió Sam, y, mientras conversaban, abandonaron las sombras de la arboleda para ver el río.

En aquel punto su cauce no era tan ancho como cuando habían cruzado el puente que llevaba al bosque, pero sus aguas corrían igual de agitadas, si no más.

—¡Ahí! —Las «ricuras» señalaron el río—. ¡Es ahí en donde adiós, gente mala!

—¿Qué? —Sam, inquieto, contempló la corriente de agua—. No nos estaréis diciendo que empujáis a la gente ahí y dejáis que se ahogue, ¿verdad?

Geoff pareció ofenderse.

—¡Nosotros no ser «ricuras» CANALLAS! Nosotros DAR MIEDO, no RUINES.

—Y bien, ¿cuál es el secreto? —preguntó Prune.

Bob se rio entre dientes.

—Facilísimo: arrojar gente mala en árbol hueco…

—Dar sorbo sorbito con baba babosa… —Geoff se puso a saltar como loco.

—¡Gente durmiendo, durmiendo, duerme que te duerme! —continuó Bob, sin dejar de dar vueltas en círculo—. Sacar gente dormida de árbol hueco…

—Colocar en barril… —apuntó Geoff con brillo en los ojos.

—¡Y al agua, patos! ¡Río abajo, lejos, lejos, lejos! —Las «ricuras» chocaron las manos alegremente y sonrieron a Prune y a Sam.

—¡Por Dios! —exclamó Sam—. Hum… es… ¡muy inteligente! ¿No te parece, Prune?

Prune parecía reflexionar.

—Sí —respondió—. ¿Y sabes qué, Sam? ¡Si regresamos así, podremos llegar a casa en la mitad de tiempo!

—¿CÓMO? —El aprendiz de caballero clavó la mirada en su fiel compañera—. ¿Te refieres a… si vamos dentro de un barril?

—Será divertido —afirmó Prune—. ¡Venga! No conseguiremos llegar a la hora del té si hacemos el camino de vuelta atravesando

el bosque. Mira qué bajo está ya el sol. ¡Mamá
se pondrá FURIOSA si llega antes que
nosotros!

—¿Y qué pasa con Dora y con Weebles?
—preguntó Sam.

—Voy a llamar a Weebles. Me oirá; siempre
lo hace.

—¡CROO! —graznó el pájaro garabato—.
¡CROO!

Prune se echó a reír.

—Ahí está: ¡Dandy avisará a Dora!
Nos reuniremos en el puente. —Se giró para
dirigirse a Bob y a Geoff—. ¿Nos podéis
prestar un barril?

Las «ricuras» accedieron.

—¡Sí! ¡Sí! ¡Sí! —Y Geoff caminó
atropelladamente a buscar uno.

Bob agitó sus tentáculos.

—¡Bueno, buenito, bueno! ¡A ver si flota
el barril!

Sam se volvió para mirarlo.

—Pero ¿no sabéis si flotan?

—Oooooh… —Los tentáculos cayeron
al suelo. Bob se puso de un color púrpura
bastante curioso, y Sam entendió que se había
ruborizado.

—¿Qué sucede? —preguntó.

La «ricura» se arrastró hacia él.

—Nunca antes nosotros atrapar mala
persona —susurró—. ¡Todavía!

Geoff, que estaba colocando un barril por
detrás de Sam, oyó lo que Bob le confesaba.

—¡Pero estamos listos, preparados! ¿Verdad,
bobo Bob?

Bob asintió.

—Todo listo. Entrar en tronco…

—Preparar sorbo, lista la baba
y a dormir… —cantó Geoff.

—Durmiendo, durmiendo,
duerme que duerme…

—Colocar en barril…

—¡Al agua, patos!

—¡Y he aquí gran, grandísimo barril!
—Geoff echó el barril al río, lo que provocó
una buena salpicadura.

Prune tomó a Sam del brazo.

—¡Venga, Sam! ¡Naveguemos de vuelta
a casa!

PLATA Y ORO

Para alivio de Sam, el barril flotó. También se puso a dar vueltas y más vueltas, y de no ser porque ya se sentía mal a causa de la decepción, se habría sentido mal por aquel interminable girar. Sam creyó estar dentro de un remolino, y cerró los ojos con fuerza.

Prune, en cambio, se lo estaba pasando pipa. Agitó el brazo con entusiasmo para despedirse de las «ricuras». Sam estaba convencido de que su prima acabaría por volcar el barril.

—¡Siéntate de una vez Prune! —se quejó.

—¡Desde aquí veo a Snapper y a Gibble!
—Prune sacudió todavía más el brazo—.
¡Gibble! ¡GIBBLE! ¡Snapper nos ha salvado!
¡Es un héroe! ¡Se merece una medalla!
¡Sam…, tienes que darle las gracias!

—Gracias, Snapper…

—La cara de Sam, que asomaba por
el costado del barril, estaba verde—.
¡Prune! ¡Que me mareo!

—No puede ser —replicó Prune—.
¡Mira! ¡Ahí está el puente! ¡Hurra! ¡Ya están
Weebles, Dora y el pájaro garabato! Prepárate
para agarrarte a algo si no quieres que acabemos
a muchas millas de aquí.

Sam tragó saliva y alargó el brazo, pero
el barril parecía tomar sus propias decisiones.
Tras dar una última vuelta, chocó contra
los pilares de madera, rebotó contra el bancal
de lodo y fue a estrellarse contra unas rocas.
El barril se hundió; aunque Prune y Sam
lograron salir a flote.

—¡GUAAAAU! —Prune lanzó un puño
al aire—. Qué PASADA, ¿verdad?

—No —corrigió Sam—. Para nada.

Caminó con lentitud hacia su enorme yegua
blanca y apoyó la cabeza en su costado.

—¿Qué pasa? —le preguntó Prune.

—¿Que qué pasa? —Sam se giró hacia ella—.
¡No he cumplido la última misión! ¡No he
rescatado a ninguna princesa! Nunca seré un
auténtico noble caballero. ¡Nunca!

—¡SAM! —Prune lo miró como si se hubiera
vuelto loco de remate—. Sabía que eras algo
tonto, ¡pero no tanto! ¿No te das cuenta? ¡Has
hecho EXACTAMENTE lo que ponía en el
pergamino!

—No es verdad… —empezó a decir Sam,
pero Prune lo interrumpió.

—Has encontrado a los gigantes —enunció ella—. ¿No es cierto?

Sam asintió.

—Supongo…

—Y has dado con la torre…

Sam pareció dudar.

—En caso de que tengas razón respecto al tronco hueco…

—La tengo, siempre la tengo. Has derrotado a los enemigos que han demostrado ser amigos. Y, ADEMÁS, ¡has rescatado a un cautivo!

—Solo era un lobezno —aclaró Sam con voz apagada—, y nos lo iban a devolver…

Prune, a punto de explotar, lo agarró por los hombros y lo sacudió.

—¡Pero SAM! ¿A quién has rescatado del interior del árbol?

—A ti, supongo —respondió Sam—, pero…

Se hizo un largo silencio.

—¡Oh! —Sam se ruborizó—. ¡Oh! ¡SÍ que he rescatado a alguien! ¡Te rescaté a TI! —Se puso todavía más colorado—. El pergamino decía: «No todo es lo que parece», ¿a que sí? Lo había olvidado.

Prune suspiró.

—¿Qué te decía yo...? ¡Sam! ¡Mírate!

Sam se miró y silbó asombrado. Su atuendo era de un color plata brillante y su cinturón, de oro resplandeciente.

Observó a Prune y se dio cuenta de que ella lucía un ceñidor rojo sobre el hombro, del que salía una banda dorada que cruzaba su torso hasta la cintura.

—Ya no eres un aprendiz de caballero, Sam
—le anunció—. ¡Eres un caballero! ¡Y yo, una
AUTÉNTICA fiel compañera!

Sam se había quedado sin palabras. Se pellizcó
para comprobar que no era un sueño, y le dolió.
Y después se fijó en Dora: sus bridas eran de
color rojo y plata, y sobre la silla de cuero
escarlata reposaba un yelmo plateado.

—Desde luego —continuó Prune—, no sé si
ya eres muy noble, pero apuesto a que lo serás.
Venga, vámonos a casa.

—Pero ¿qué dirá la tía Egg cuando nos
vea? —preguntó Sam—. ¡Tu madre detesta
a los caballeros y todo lo relacionado
con ellos!

—Por eso, precisamente, tenemos que llegar
antes que ella —contestó Prune—.
¡Venga, APRISA!

Sam asintió y recogió el casco.
Sin ser muy consciente de lo que
hacía, se lo puso y se giró hacia
Prune—. ¿Me sienta bien?

Prune resopló.

—Pareces un bote de pimienta —declaró, e hizo una pausa—. Bueno…, más o menos. En realidad… —volvió a detenerse—, no te queda mal del todo. Vamos, ¡EN MARCHA!

Pues eso, ¡que lo he conseguido!
Soy un auténtico noble caballero.
Aunque todavía no estoy preparado
para contárselo a la tía Egg, pero
lo sé yo, y lo sabe Prune (la mejor
fiel compañera del mundo entero
—no se lo diré a ella, porque ya es
bastante creída—), y con eso me basta.

¿Qué será lo siguiente?
¡Emprenderemos grandes aventuras!
¡El noble caballero Sam J. Butterbiggins
y su fiel compañera lady Prunella
del Castillo Mothscale!
¡¡¡¡HURRA!!!!

P.D.: Acabo de leerle esta última parte a Dandy. Lo único que ha dicho ha sido «¡CROO!». Creo que quiere decir

FIN